AF245288

RELATION

De ce qui s'est passé le 24 juin 1815,

à la Tessoualle, près Chollet,

à l'occasion du Traité signé à Chollet,

le 26 du même mois.

Par M. le Général Comte Gabriel Duchaffault.

A BOURBON-VENDÉE,

Chez FERRÉ, Imprimeur de la Ville et du Tribunal.

1816.

RELATION

*De ce qui s'est passé le 24 Juin 1815,
à la Tessoualle, près Chollet, à
l'occasion du Traité signé à Chollet,
le 26 du même mois. (*)*

LA Tessoualle est un petit bourg distant
de deux lieues de Chollet. M. AUGUSTE
DE LA ROCHEJAQUELEIN, se trouvant à
Châtillon le 23, avec son corps d'armée
qu'il avait ramené de Thouars, reçut
l'invitation de se rendre, le 24, à la
Tessoualle, avec plusieurs de ses officiers. Nous venions d'apprendre la mal-
heureuse affaire de Rocheservière. Les
généraux CANUEL, DUPERRAT, DUCHAF-
FAULT & plusieurs officiers se rendirent
à la Tessoualle, avec M. AUGUSTE DE
LA ROCHEJAQUELEIN. Ils y trouvèrent

(*) M.ᵣ GABRIEL DUCHAFFAULT ayant figuré dans le
Traité de Chollet, il regarde comme indispensable de
publier la Relation des faits, pour prouver la loyauté
de sa conduite.

rassemblés le général en chef DE SAPI-
NEAU, M. D'AUTICHAMP & une vingtaine
d'officiers de l'état-major de ce dernier.
Le général en chef nous réunît tous
dans le même local. M. D'AUTICHAMP
fit lecture de la lettre (1) adressée au
général en chef, par le général ennemi
LAMARQUE.

---

(1) *Lettre du général* Lamarque, *au général* de Sapineau.

21 Juin 1815.

M.^{rs} DE MALARTIC, FLAVIGNY et DE LA BÉRAUDIÈRE
doivent être en ce moment auprès de vous, porteurs
des propositions faites par le Gouvernement.

Ils m'ont assuré que, malgré la différence de nos
opinions, vous conserviez le cœur français, et que vous
n'étiez pas insensible aux malheurs dont ce pays est le
théâtre. C'est du champ de bataille de Rocheservière,
où il n'a été versé que du sang français, que je vous
écris, et je ne vous offrirai que des conditions que
l'honneur peut avouer, et qui concilient vos intérêts
et ceux de la Patrie.

Il est possible qu'on vous trompe sur les événemens.
Une dépêche télégraphique, transmise par le général
CHARPENTIER, m'annonce que l'Empereur a remporté
une victoire complète sur les armées de WELLINGTON
et de BLÜCHER.

Je désire, Monsieur, avoir une prompte réponse,
et savoir votre façon de penser sur ma proposition,
qui est la dernière de ce genre que je crois pouvoir
me permettre.   *Signé*, LAMARQUE.

La lecture finie, on parla de traiter. M. D'AUTICHAMP opina fortement pour cet avis ; le général CANUEL le combattit ; le général DUPERRAT en fit autant, ainsi que M. AUGUSTE DE LA ROCHEJAQUELEIN, qui se prononçait plus fortement encore. M. D'AUTICHAMP répondait à tous, et affirmait qu'il ne voyait d'autre moyen que celui de traiter.

Enfin, après plus de trois heures de pourparlers & de discussions pour & contre, il fut convenu d'aller aux voix. Chacun donna sa parole d'honneur d'accéder à l'avis de la majorité. Un morceau de papier fut remis à chacun des votans. On convint que ceux qui voulaient traiter écriraient le mot OUI, & les autres le mot NON. Une voix s'écria : « *Il serait bon que chacun signât son vote.* » — « *Non, non !* s'écrièrent plusieurs autres, *cela génerait les opinions.*» Il fut donc arrêté que l'on ne signerait pas.

Nous étions au nombre de 34 : on déposa bientôt sur la table 34 billets portant chacun un OUI ou un NON.

Auguste de la Rochejaquelein fit le dépouillement ; il trouva 22 oui & 12 non ; & c'est alors que ce digne frère de Henri & de Louis s'écria : « *Puisque je suis lié par ma parole d'honneur, je donne tout mon bien aux Vendéens, & je passe en Angleterre !* » — Il sort ; M. d'Autichamp s'approche de la table & dit : « *Qu'il donne son bien, qu'il passe en Angleterre, si cela lui convient ; moi, j'ai femme & enfans, je garde le mien & je reste.* »

Mr Duchaffault , témoin de ces faits , sort aussi. Il rentre un quart-d'heure après, & trouve encore réunis M. d'Autichamp , le général en chef de Sapineau & quelques officiers. Le général proposa à plusieurs officiers d'aller en parlementaire : personne ne s'en souciait. Duchaffault s'approchant de Sapineau , lui dit : « *Vous étes le général en chef, ordonnez & ne priez pas : il est tout simple que personne ne demande à se charger de cette commission.* » — « *Eh bien ! mon cher Duchaffault,* dit le général de Sapineau, *allez-y, vous vous en tirerez bien ; il vaut mieux que ce soit vous qu'un autre.* » — Le gén.[1] D'AUTICHAMP joignit ses instances à celles du général DE SAPINEAU. — M. DUCHAFFAULT dit : « *Il serait fort étrange que, moi dont le vote a été contraire au Traité, je fusse chargé de cette mission.* » — Ces Messieurs insistèrent, prétendant que ce ne devait pas être un obstacle ; lui dirent des choses flatteuses, & lui donnèrent l'ordre de se rendre près le général LAMARQUE, à Clisson.

M. DUCHAFFAULT part de la Tessoualle avec MM. DE MARANS & CHEFFONTAINE, aides-de-camp de Monseigneur le Duc DE BOURBON, qui l'accompagnèrent jusqu'à Chollet.

Chemin faisant, ils l'exhortaient à se hâter de joindre le général Lamarque. *Vous manquez totalement de munitions,* disaient-ils, *il est tout simple que vous traitiez. — Eh ! pourquoi en manquons-nous ?*..... répondit M. Duchaffault.

Après avoir voyagé toute la nuit, il arrive à Clisson sur les cinq heures du matin. Le général Lamarque venait d'en partir.

M. Duchaffault remet son laissez-passer à un gendarme ; le charge d'informer le général Lamarque qu'il est arrivé, & que son cheval est exténué. Le général Lamarque, à peine éloigné d'une demi-lieue, lui envoie de suite son chef d'état-major, son aide-de-camp & un de ses chevaux.

M.ᴿ Duchaffault arrive auprès du gén.ᴵ Lamarque; il avait 9,000 hommes d'excellentes troupes ; il fut reçu très-civilement. Cependant les soldats voyant sa cocarde blanche & sa croix de Saint-Louis, le saluaient par des cris de *vive l'Empereur!* — Il dîna à Valet, avec les généraux Lamarque, Brayer, Estève, &c. Après le dîner, le général Lamarque se dirigea sur Beaupreau. Il fut convenu que M. Duchaffault retournerait le soir à Chollet ; qu'il avertirait les généraux Vendéens, & que le général Lamarque se trouverait à Chollet le lendemain, à huit heures du matin, pour traiter.

A peine M. Duchaffault fut-il parti, qu'un Vendéen lui remet un manuscrit contenant les événemens de Waterloo. M. Duchaffault lui dit : « *Admirable ! mon ami ; si tout cela est vrai, le Roi est à Paris dans 8 jours, s'il n'y est déjà.* » Cette nouvelle, qu'il ne croyait guères, lui mettant cependant du baume dans le sang, il arrive lestement à Chollet. Un habitant lui apporte la gazette venant d'Angers ; c'était le 25 au soir. Elle donnait les mêmes nouvelles, avec des détails moins brillans que le manuscrit. M. Duchaffault écrit à M. de la Rochejaquelein : « *Je vous envoie la gazette & le manuscrit qu'on m'a remis : j'ai rendez-vous ici pour demain huit heures du matin, avec le général Lamarque ; je lui ai promis d'avertir les généraux de s'y trouver. Donnez-moi des ordres. D'après la nouvelle position où nous sommes, dois-je l'attendre ? Faut-il vous rejoindre ?* »

La réponse d'Auguste de la Rochejaquelein arriva le 26, à 6 heures du matin ; elle obligeait M. Duchaffault à

rester. Elle est la cause du Traité, &
ne peut qu'honorer son auteur. (1)

Bientôt le bruit se répand que l'ennemi
arrive. Le peu de Vendéens qu'il y avait
à Chollet, se retire ; M. Duchaffault
va seul à pied au devant de la colonne.
A peine est-il hors de la ville, qu'il
entend deux coups de fusil. C'était deux
paysans vendéens qui, cachés dans un
bois, tirèrent sur l'avant-garde. Ils tuèrent
un dragon & en blessèrent un autre.
Les dragons étaient furieux. Apercevant
M. Duchaffault, qui avait la cocarde

---

(1) MON CHER DUCHAFFAULT, trouvez le moyen de
vous ménager une entrevue avec le général Lamarque.
Sa conduite n'a rien eu que d'honorable jusqu'à ce jour.
Les événemens qui viennent de se passer nous mettent
tous dans une position nouvelle. Celui qui ferait encore
verser du sang en serait responsable à la Nation. Faites
entendre cela au général Lamarque, et dites-lui que
nous ne cherchons qu'à éviter le sang et les larmes, en
prenant tous les moyens qui sont compatibles avec
l'honneur et notre devoir. — Dites-lui que nous ne
sommes point éloignés d'avoir une entrevue, mais qu'il
ne marche pas.

Vous savez mon amitié pour vous.

Signé, AUG.ᵀᴱ ROCHEJAQUELEIN.

S.ᵗ-Laurent, le 25 Juin 1815.

Faites-nous réponse le plutôt possible.

blanche, la croix de Saint-Louis & la décoration du lys, ils fondirent sur lui pour le sabrer. Il avait beau leur parler, ils allaient le tuer, lorsque le général Lamarque détacha un aide-de-camp à toute bride, qui arriva à propos pour lui sauver la vie.

L'aide-de-camp l'invita à monter à cheval & à joindre de suite le général en chef. *Il ne peut répondre de vous que lorsque vous serez près de lui : on vient de commettre une horreur.* — « *Je suis étranger à cet événement*, répond M. Duchaffault ; *je vous ai bien averti hier que cela vous arriverait à tout moment, si vous avanciez dans le pays.* »

Les officiers étaient dans une telle fureur, que le général Brayer dit à Mr Duchaffault, en regardant sa cocarde : *Jamais les troupes françaises ne porteront la cocarde blanche.* —« *Général*, répliqua M. Duchaffault, *les troupes françaises l'ont portée avant vous & avant moi ; elles la porteront après vous & après moi. Au reste, ni vous ni moi ne pourraient l'empêcher.»* — Monsieur, *vous devriez l'ôter,* continua-t-il. — « *Si le général en chef l'exige, il faudra bien que je me soumette ; mais je n'obéirai qu'à lui seul.* » —— Le général Lamarque lui laissa sa cocarde & ses décorations.

Arrivé à Chollet, M. Duchaffault tira le général Lamarque à part, lui demanda s'il savait les nouvelles. —« *Je n'en sais que d'avantageuses pour l'Empereur.*»—On lui apporta une gazette. — « *C'est vous autres qui l'avez fait imprimer.* » — « *Nous n'avons point d'imprimeur,* répondit M. Duchaffault. »— « *Est-ce que par hasard vous ne voudriez plus traiter ?* » — M. Duchaffault, montrant la lettre de M. de la Rochejaquelein, dit : « *Si on ne voulait pas traiter, je ne serais plus ici. Hier, j'aurais traité avec peine ; aujourd'hui je traiterai avec plaisir ; car, si le Roi n'est pas à Paris, il y sera dans 8 jours.* » — « *C'est impossible.* »

Le général Lamarque, mieux instruit que M. Duchaffault, des désastres de

(13)

Waterloo, s'amusa à lui faire signer des laissez-passer, pour envoyer à Angers connaître la vérité.

M. Duchaffault, suivant la formule ordinaire, écrivit en tête : DE PAR LE ROI. — « *Pourquoi DE PAR LE ROI ?* » — « *C'est pour qu'ils soient valables ; sans cela ils ne pourraient servir : c'est comme cela que nous les donnons.* » — « *Ces Messieurs viendront-ils pour traiter ?* »—« *Je pense que oui.* »—« *Je marche, je marche, si dans 3 heures ils ne sont pas ici.* » — « *Général, je vais envoyer un courrier pour les prévenir de votre empressement.* »

M. Duchaffault écrivit de suite à M. de la Rochejaquelein le peu de succès de cette entrevue.

Vers les 4 heures de l'après-midi, le général Duperrat & le colonel de la Voyerie arrivèrent : ils avaient les pouvoirs du général Sapineau, & ils étaient porteurs de ceux d'Auguste de la Rochejaquelein pour M. Duchaffault.

Ces Messieurs traitèrent, toujours en disant : *C'est pour éviter l'effusion*

*du sang désormais inutile , car le Roi
sera bientôt à Paris.*

L'article 4 du Traité , ainsi rédigé :
« *En traitant avec des Français, qui,*
« *dans leur erreur même , ont montré*
» *une loyauté constante, toute défiance*
» *serait injurieuse,* » souffrit beaucoup
de difficulté. Ce mot *erreur* déplaisait
fort ; ces Messieurs ne pureut jamais
obtenir de le faire ôter ; il fallut en
passer par là.

Le lendemain matin 27 , ils retour-
nèrent à Châtillon. Le général en chef
de Sapineau ne signa que le 28 , & le
général Lamarque se retira aussitôt.

Il n'y avait plus de troupes ennemies
dans le pays , lorsqu'on vit paraître
contre ce Traité une Protestation du
ton le plus solemnel. M. Duchaffault
ne blâme pas la grande majorité de
ceux qui ont protesté ; ils l'ont fait
sans doute par un beau motif; mais il
lui semble qu'il y a parmi eux quelques
chrétiens étonnés eux-mêmes de se voir
protestans.

F I N.